DE MIS CUENTOS, MIS AMORES, MIS FANTASÍAS Y MIS RECUERDOS

ExLibric

JOSÉ ANTONIO COSTA MESEGUER

DE MIS CUENTOS, MIS AMORES, MIS FANTASÍAS Y MIS RECUERDOS

EXLIBRIC
ANTEQUERA 2021

DE MIS CUENTOS, MIS AMORES, MIS FANTASÍAS Y MIS RECUERDOS
© José Antonio Costa Meseguer
© de la imagen de interior: Gabriel Asensio
Diseño de portada: Dpto. de Diseño Gráfico Exlibric

Iª edición

Editado por: ExLibric
c/ Cueva de Viera, 2, Local 3
Centro Negocios CADI
29200 Antequera (Málaga)
Teléfono: 952 70 60 04
Fax: 952 84 55 03
Correo electrónico: exlibric@exlibric.com
Internet: www.exlibric.com

ISBN: 978-84-18912-05-4
Depósito Legal: MA-879-2021

Nota de la editorial: ExLibric pertenece a Innovación y Cualificación S. L.

JOSÉ ANTONIO COSTA MESEGUER

DE MIS CUENTOS, MIS AMORES, MIS FANTASÍAS Y MIS RECUERDOS

Siempre tuve la sensación de que mi vida era puro cuento.

Prólogo

Todo comenzó cuando nací, probablemente el hecho más afortunado de mi vida; según se mire.

Solo tengo recuerdos a partir del momento en que caí de mi bici por primera vez; mi primera bici, de color azul; en ese momento tal vez tuve claro que mi vida se basaría en amores, fantasías, recuerdos y dolor.

Amores que no existirían, que serían fingidos; dolorosos, malvados, ofensivos y pervertidos.

Fantasías a más de mil por hora, buscando en sueños una vida que nunca alcanzaría; las fantasías, fantasías son y, cuando consigues llevarlas a cabo, normalmente decepcionan y desgarran el corazón.

Recuerdos, infinitos recuerdos, después de crecer y vivir, después de amar, fantasear y sentir dolor. Recuerdos que vuelven a mi mente una y otra vez para recordarme que difícilmente voy a llegar a ser quien quiero llegar a ser, quien sueño llegar a ser, quien fantaseo llegar a ser.

Del dolor hablará mi punto de vista gay de las cosas que, aunque suene mal, siempre hay un punto de vista gay de las cosas; siempre hay una perspectiva distinta. La mayoría de veces más tolerante, más permisiva, manifestante y progresista; otras veces es el punto de vista más cruel y más intolerante.

Al final, amores, fantasías y recuerdos quedan todos metidos dentro del mismo cajón, en ese cajoncito adornado con *brillibrilli* variado y lazos de varios colores, muy mariquita.

El dolor queda apartado en otro cajón distinto, oscuro, sobrio, aislado y bien escondido, bajo llave incluso pero los duendecillos de la noche consiguen abrirlo, desordenarlo y mezclar ese dolor con los amores, fantasías y recuerdos del cajón bonito.

Parte I

De mi vida, mis amores

Al principio tenía la sensación de que el amor era lo ideal, lo perfecto, lo inalcanzable o al menos, difícilmente alcanzable pero, al fin y al cabo, lo que llevaba a la felicidad plena.

#DesdeUnPuntoDeVistaGay

La bruja maquiavélica

De aquella persona que me enamoré y me rompió.

De aquella persona a la que presté mi vida y me devolvió una piedra.

De aquella persona que me arrojó al vacío habiéndola yo salvado de caer sobre un charco.

De aquella persona a la que le di mis ojos y me dio una patada tan fuerte que no pude respirar.

Aquella fue la persona que me embrujó para enamorarme, para prestarle mi vida, para darle mis ojos; y me cegó: no pude ver cómo era verde su sangre en vez de azul.

Sabia, inteligente, maquiavélica y retorcida, me hizo latir y suspirar por su olor, por su piel, por sus cabellos grises y su amargo aliento, aunque a mí me sabía a miel.

Fue la persona que me quitó mis manos y mis pies para poder tocar y caminar, para no poder dejar mis huellas en el camino que me hizo recorrer hasta él.

Supo cómo hacer y cómo embaucar a pesar de que yo veía y oía lo que no quería ver ni oír.

Fue la misma persona que, cuando me creía ciego del todo, me abrió los ojos en un descuido y me hizo despertar. De repente tenía mis manos y mis pies de nuevo y me encontré delante a esa bruja, sabia, inteligente, maquiavélica y retorcida.

Le pedí mis ojos, mi amor y mi vida; los sacó de aquel frasco que tenía entre tantos, llenos de ojos, manos y pies de otros, y me los devolvió; me los devolvió sin perder su orgullo, su egoísmo, su sonrisa amarillenta.

Sin perder ni una sola de sus lágrimas.

NO SÉ SI MERECES UN CAPÍTULO EN MI VIDA

Realmente no sé si darte la importancia que tú esperas.

Realmente tengo dudas de que puedas ser un capítulo en mi vida.

Realmente no creo que estés a la altura, por mucho que tú te empeñes.

Realmente ahora que lo pienso, ya estoy escribiendo mientras pienso en ti y, sin darme cuenta, te estoy dando importancia.

Un mínimo de importancia que ni siquiera quería darte pero es que anoche no pude dormir por tu culpa.

Realmente es por mi falta de ego que estés presente en estas líneas pero, ¿sabes qué? Que quedarás en estas líneas y nada más, nunca más.

El agua fluye por las canales cuando llueve y te ha arrastrado hasta allá.

A PESAR DE TI

A pesar de ti, sigo sonriendo;
a pesar de los días contigo, sigo siendo yo;
el que dices que te gustó,
el que dices que te enamoró.

A pesar de ti, sigo con mi vida;
sigo con mis manías y costumbres.

Sigo siendo el que te metió en mi casa,
el que te metió en mi cama,
el que te metió en mi cabeza.

A pesar de ti, tengo ganas de vivir,
tengo ganas de un nuevo día,
de un bonito amanecer y de cada anochecer.

A pesar de ti, sigo teniendo fuerzas
para seguir queriendo,
para seguir besando y seguir deseando.

Lo supiste

Siempre supiste quién era yo. Sin embargo, yo nunca supe quién eras tú.

El elixir de la vida

Se encuentra en gotitas mínimas en la naturaleza… imposibles de ver y alcanzar.

El elixir de la vida lo encuentras en la boca y la respiración de quien te hace especial, de quien haces sentir especial.

Su sonrisa, sus besos… Su mirada… Te dan ganas de declararle tu amor, ¿verdad?

Pero no puedes.

Pero tiene ese elixir que tanto te hace sentir.

Tiene esos besos, esa sonrisa y esa caída de ojos… Tiene «eso».

Y lo quieres, y lo deseas pero ahora no está.

Aunque no lo sepas… Pienso en tu nombre y se me hace una promesa en mente.

Aunque no lo entiendas, no quiero dejar mis huellas, a pesar de así perder el rastro para luego yo volver.

Cada día más flaco está mi corazón sin esa gotita de vida que me dabas…

Y a la vuelta me perdí.

Sueños de leche

Me despierto sobresaltado por la noche y con la boca seca; tengo sed, estoy sudado.

No recuerdo lo que estaba soñando, como de costumbre pero de repente has venido tú a mis pensamientos; eso tampoco es extraño: últimamente estoy obsesionado contigo, sin razón aparente pero me cuesta no pensar en ti.

Algo desubicado por el calor y el sudor, la respiración entrecortada... Y vuelvo a beber agua.

Este edredón me da demasiado calor, me noto empapado de sudor, me resulta incómodo.

Prefiero destaparme un rato hasta que vuelva a conciliar el sueño, o al menos me recupere del sobresalto; pero sigo sin saber qué estaba soñando y me despierto contigo en mi cabeza, hasta tal punto que puedo incluso olerte... y me excito.

Es raro, después de beber, mi boca aún sabe a ti, a tu saliva y tus besos; mi barba huele a tu cuerpo, a tu sudor, como cuando follamos durante horas, perdiendo el control de nuestros cuerpos, incluso la noción del tiempo.

Siento algo de frío al destaparme. Menos mal; me resulta un alivio.

Creo que ya sé lo que estaba soñando: las sábanas están manchadas y una sonrisa dulce se me acaba de dibujar en la cara.

Hay una cantidad increíble de leche en mis sábanas... Por eso me sentía tan acalorado, por eso tenía la respiración entrecortada y notaba mis piernas tensas.

La toco y aún está caliente. Acabas de hacerme tocar el cielo… hasta en sueños.

Hasta en sueños me exprimes y es una putada no recordar los detalles, pero… me siento tan satisfecho…

No es la primera vez que me despiertas así de madrugada, aunque sí la primera que lo haces en mis sueños, pero… sabiendo que es así… me quedo más tranquilo, aunque no más relajado, de imaginar todo lo que ha podido pasar por mis sueños para acabar así… Ufff.

Estoy casi tan excitado como cuando te estoy quitando los calzoncillos y te empujo sobre mi cama…

Y me llevo uno de tus pies a mi cara…

Y te quito lentamente el calcetín…

Y empiezo a lamerte los dedos del pie…

Y cierras los ojos y dejas salir un gemido…

No puedo dormir, no podré dormir más si sigues haciéndome esto.

Estos pensamientos contigo me quitan el sueño…

Acabo de tomar una decisión…

Quiero que pases conmigo todas las noches de mi vida, a partir de mañana… «¿Quieres?».

DEL AMOR AL ODIO

Del amor al odio hay solo un paso;
del odio al sexo salvaje y desenfrenado
hay solo un calentón;
del sexo duro al amor eterno
hay solo un par de azotes.

Te extraño.
Te olvido.
Te amo de nuevo.

Amores de un verano temprano que se odian al máximo de temperatura y al caer el frío anhelan su compañía tal que se reencuentran y prometen amor eterno delante de testigos en cueros en la misma cama.

En mi lista de la compra siempre hay café, azúcar, sonrisas, harina, sexo y amor.

Te amaba intensamente desde ayer, sabiendo que hoy me dejarías por tu amor platónico o, tal vez, incluso por un helado de dos sabores en cuanto hiciera calor, pero tan pronto te refrescaste... Volviste con el rabo entre las piernas y la mirada hacia mis pies, pidiendo tu sitio en mi cama, apelando al recuerdo de la noche pasada y los besos que me dabas. Ahora te odio suciamente, rompiendo la vida que ayer construí contigo, pero... La farola al fondo de la calle da una luz cálida y suficiente para ver tu torso perfecto de nuevo entrando en mi cama, alojándose dentro, muy dentro por un rato. No puedo echarte.

Cada día que pasa,
que te tengo aquí,
te odio menos.

Y me obligas a amarte con esa mirada que me puede; no puedo evitar sucumbir a tu caída de ojos romántica.

Cuando me haces el amor incluso son más brillantes tus ojos, cambian de color, pasan de color azulado a color verdoso… Me he dado cuenta de que eso te ocurre cuando estás excitado.

Y me miras fijamente mientras tu sudor cae sobre mí, y ¿qué puedo hacer? ¿Qué hago con tu mirada intensa que me intimida? Esa es la forma en que me haces disfrutar y volar sobre la habitación.

Luego cuando sales de mí, lo haces en todos los sentidos; ya ni me miras, ni me tocas, ni me hablas; ya tus ojos dejan de seducirme, ya no cambian de color; y sales por la puerta sin decir adiós y… a saber cuándo volverás por aquí, por este hueco que dejas en mí. Mientras tanto yo seguiré odiándote con todas mis fuerzas.

Amarnos es pecado,
besarnos es lujuria,
sentirte es un placer.

Odio cuando me cuentas con quién te acostaste ayer y hoy vienes intentando convencerme de que soy especial para ti.

Odio cuando me prometes confianza, sinceridad y complicidad y al momento te escucho gemir con otro desde el baño.

Odio cuando me dices que estás sensible y necesitas besos y abrazos y, en cuanto me marcho, invitas a otro para que te dé muy duro.

Odio, odio, odio... Yo no soy así.

¿Serías capaz, al menos una vez, de tener en cuenta mis sentimientos en vez de solamente los tuyos?

¿Para qué esforzarme en hacerte sentir especial si es mucho más fácil hacerte sentir insignificante?

¿Alguna vez has soñado conmigo?

Tengo miedo a contarte mis sueños por si descubres realmente cómo soy.

Yo ya he descubierto en quién me estoy convirtiendo realmente, y, sinceramente, no me gusta, porque deja evidencia de cuánto y cómo me valoro yo mismo, y eso era secreto; era mi secreto.

Recuerdo cuando era pequeño, que quería ser estrella de cine, y lo he conseguido: soy la estrella de mi propio largometraje y a ti te di el papel de coprotagonista para tres escenas y, la verdad, te comiste las cámaras, eres todo un animal de la interpretación, casi consigues que me lo crea; artimañas elaboradas para llevarte el gato al agua, pero, mi amor, acabaste arañado, malherido, y perdiste tu papel ridículo de semental dominante; látigo en mano, te quedaste fuera y apenas se te ve en los créditos.

Demasiado tarde
para hacerte gemir
y luego abrazarte.

Mi corbata roja te gustó aquella tarde, te dio mucho juego, me la pediste prestada.

Una página con un gramaje especial

Cuando tú me miras y no sé qué hacer,
porque me pongo nervioso
y empiezo a temblar de miedo,
por si te acercas a hablar conmigo.

Me cae el sudor por la frente
y entonces me siento ridículo,
por si te das cuenta,
por si te parezco tonto.

Mi error es no adelantarme
y acercarme a ti, pero…
pero los nervios no me dejan,
tus ojos, o más bien tu mirada.

Me miras y me siento intimidado,
no puedo aguantar más de tres segundos,
intento relajarme y conversar
y entonces comienzo a tartamudear.

Quiero perder esta timidez,
necesito hablarte y hacerte saber,
quisiera poder mirarte a los ojos
y no sentirme un niño pequeño.

Enséñame, quiero aprender,
quiero empaparme de ti y tu sabiduría,
escucharé todo lo que me digas
y aprenderé de ti, de tu vida y tu valentía.

Quiero sentir que estás cerca
a pesar de ni siquiera tocarnos,
solo escuchándote mientras te miro,
mientras me miras y te miro.

Es fantasía difícil para realizar:
soy como soy y quisiera cambiar
esta represión y esta timidez
que me resta, me quita, me hace pequeño.

Tengo ganas de echar un vistazo atrás
y sentir que mi vida fue...
que hasta ahora fue satisfactoria;
quisiera que hubiera sido satisfactoria.

Y qué ganas de mirarte y aprender de tus ojos,
porque vengo casi de vacío,
sin mochila que aguantar, porque
la tiré en el último barranco por el que pasé.

Entre mi vida semivacía
y la tuya tan repleta de satisfacciones...
pienso que puedes conmigo
y que yo no puedo contigo.

Tanto tiempo mirándote,
tanto he sufrido observándote,
y nunca, nunca me acerqué a ti,
ni siquiera lo suficiente para que me vieras.

Ni siquiera te hablé,
ni siquiera te toqué,
ni siquiera te vi
y tampoco te pude oler.

Mi fantasía más difícil,
y una vez más en mi imaginación
queda una habitación vacía de ti
y repleta de mis pensamientos.

El amor platónico de mis miradas,
el amor que tanto quise tener
y que tan lejos queda siempre,
diciendo «quiero verte».

Finalmente te acercas tú,
y yo me pongo nervioso
y comienzo a sudar como…
pues como sabía que pasaría.

Me cuesta mirarte, verte, y más tocarte;
y me saludas como si nada, tan normal,
tan sonriente, y te devuelvo el saludo,
como sabía que pasaría, tartamudeante.

Qué estúpido me siento
sin poder aguantar la mirada, pero…
justo ahora que lo consigo
vienes a contarme que tú no puedes.

Como si alguna vez esto hubiera podido ser,
como si te hubieras fijado un día en mí,
como si nos hubiéramos besado una noche
o como si hubieras deseado que hubiera pasado.

Ahora no puedes y sigo callado,
en silencio como siempre y hasta ahora;
ahora no puedes porque lo tienes a él,
pero nunca… nunca pudiste.

El momento siempre llega con una persona,
con una persona de la mano que…
que, llegado el momento, no te mira,
no te toca, no te besa, no te huele.

Luego llega el lamento, las lágrimas,
lágrimas por él, por su ausencia,
cuando en realidad nunca estuvo,
cuando en realidad nunca existió.

Me temo que esta es mi vida,
me temo que todo lo que quería aprender
y escuchar de ti se esfumó, se disolvió
y en realidad desapareció.

Pero, ¿sabes una cosa?
Que, a pesar de esfumarte, disolverte
y desaparecer como si nunca hubieras estado…
para mí eres una página en mi libro.

Una página en papel con…
con un gramaje especial para…
para tocarla y saber que eres tú…
que eres tú el que nunca estuvo aquí.

SIN TÍTULO

Espero que nunca me extrañes,
y, si me extrañas, espero que nunca me busques;
y, si me buscas, espero que nunca me encuentres;
y, si me encuentras… Espero que sea para quedarte.

SUBIDAS Y BAJADAS

Una montaña rusa con bucles incluidos,
sentimientos hacia personas que no conoces.

Relaciones virtuales, son tan intensas como breves:
te enamoras tan rápido que no te da tiempo
a darte cuenta de que ya detestas a tu enamorado.

Una noche intensa,
hablando hasta las cinco de la madrugada
es suficiente para, incluso, lanzarte a serle fiel.

Al día siguiente apenas te contesta y, si lo hace,
entra y sale de la conversación constantemente;
tendrá cosas más importantes que hacer, piensas.

«Estaba hablando con un amigo,
perdona que tardara en contestar».

«Hoy estoy cansado, me voy a dormir ya,
hablamos mañana».

«Ahora no puedo,
estoy en videollamada con la familia,
te aviso cuando acabe».

Y de repente ya cayó; ayer subió, pero hoy ya cayó.

«¿Quién quiere ser mi novio esta noche?».

DEL AMOR AL ODIO SOLO HAY UN PASO

Del amor al odio hay un paso, pero enamorarte de una persona que odias tiene mérito; esa atracción que no puedes evitar, hacia la persona que te saca de tus casillas solo con abrir la boca.

¿Qué puedo hacer entonces?

¿Lo amo? ¿Lo odio? ¿Lo beso? ¿Lo muerdo?

YO NUNCA

Yo nunca amé verdaderamente.
Yo nunca hice el amor de verdad.
Yo nunca tuve una caricia verdadera.
Yo nunca toqué a nadie que amaba.
Yo nunca sentí tu calor.
Yo nunca te tuve solo para mí.

CADA DÍA

Lo mejor de cada día es despertar y verte a mi lado.
Lo mejor de cada día es verte sonreír mientras desayunamos.
Lo mejor de cada día es escucharte decir «ya estoy en casa».
Es mirarte mientras te afeitas desnudo en el baño.
Es secar tu espalda con una toalla suave que ya huele a ti.
Lo mejor de cada día es besarte, abrir los ojos y mirarte.
Lo mejor de cada día es… cada día contigo.

Hoy me quedo en casa

¿Quieres que nos veamos esta noche? ¿Te apetece venir a cenar? ¿Vienes?

Me siento abrumado por tus invitaciones, me siento halagado por tu interés siendo un chico tan guapo como eres, pero prefiero no aceptar tu invitación; no porque no quiera verte, no porque no me apetezca estar contigo, no porque no me apetezca besarte y follarte; sino porque no quiero enamorarme.

No puedo darte lo que te gustaría, lo que me das, lo que me pides, no puedo regalarte mi tiempo, mis caricias y mis besos más templados; no porque no te los merezcas, no porque no te los hayas ganado, no porque no me apetezca; sino porque no quiero enamorarte.

Lo siento, pero hoy me quedo en casa, prefiero estar solo y no ver a nadie, disfrutar de mí y mis cosas; no porque no quiera verte, no porque te desprecie, no porque sea un egoísta o un ingrato; sino porque no tengo nada más que darte.

Hoy cuido de mí, hoy cuido de mi alma, hoy cuido de mis manos que me tocan, hoy cuido del espejo que muestra mi interior, hoy cuido de mi vida, que soy yo.

SIN TÍTULO

Solo te tuve un momento en mis brazos y no pude retener las lágrimas cuando te vi partir.

Fue como llevarte dentro de mí y gestarte, preñado de ti y tu amor.

Satisfecho de tu sonrisa y tus miradas de comprensión y resignación y a la vez sordo por tus gritos de dolor.

Fue doloroso acariciarte viéndote marchar mientras por dentro me decía: «quédate, no te vayas».

Quédate solo un rato más, pues me va a compensar toda la vida, aunque mañana te hayas ido…

Ese otro cuerpo preñado y lleno de ti sabrá darte su calor, pero, mientras tanto… sonríeme a mí.

ESCLAVITUD

Física, moral, sentimental, verbal... Sumisión, obediencia, aceptación, acatamiento... Gusto, placer, estética, castigo...

Un sentimiento rebelde que acaba por someterse al deseo de otra persona para obtener el propio placer...

Generosidad...

Egoísmo...

La marca de un amor, la marca de un amor incondicional.

La pregunta es: ¿quién tiene la llave? ¿Quién es el dueño?

Sin título

Anoche mientras dormía me perdí en tu cuerpo y cuando desperté estaba caminando contigo de la mano, atravesando un campo de amapolas; con lo que eso coloca.

Nos sentamos sobre la torre más alta de Madrid y miramos el paisaje urbano, gris, que de repente se volvió verde y rojo y levantó una oleada de aromas dulces y brillantes; una brisa suave me llevó a tu cara y me dijo: «te echaba de menos»…

Alguien me dijo un día que mis historias de amor eras ficticias y, también, las más bonitas.

Parte II

De mi vida, mis fantasías

Luego me di cuenta de que realmente, todo era pura fantasía: sueños, revelaciones, deseos; pero nada más.

#DesdeUnPuntoDeVistaGay

SONRISAS, ROSAS Y ESPINAS

La belleza de una rosa,
a pesar de sus pétalos frágiles y delicados,
tiene poca comparación con otras flores.
Su hermosura la suelo comparar
con la sonrisa más bonita de cada día,
de cada persona que encuentro por la calle
o conozco en el café de enfrente;
cuando mi camarero favorito me pregunta
si quiero canela en mi café con leche y me sonríe,
esa sonrisa pícara porque un día me dijo:
«la canela es afrodisíaca».
Esa sonrisa es hermosa, como una rosa;
sin embargo, sus espinas,
agudas y dolorosas cuando se clavan,
cuando atraviesan la piel,
son lo que queda cuando la rosa se marchita,
cuando desprende sus pétalos finos y delicados,
que han quedado deshidratados,
que se han oscurecido
y han caído uno a uno,
dejando solo los restos de polen
de lo que fue hermoso.
Esas espinas entonces se vuelven oscuras
y más duras, más rígidas,
más dolorosas, eternas;
solo con la intención de dejarnos el recuerdo

de la hermosa sonrisa
que un día nos dedicó aquella rosa
y me hizo volverme…
adicto a la canela.

TODO VUELVE A BRILLAR

El atardecer puede ser el momento más hermoso del día, o puede ser el momento de mayor desánimo: la luz se hace tenue, el frío vuelve a caer y la gente se refugia en casa, pero mira esos colores pastel y malva en el cielo, esas luces que van prendiendo. Todo vuelve a brillar.

¿Por qué subestimar los momentos de poca luz?

El espejo del alma

La transparencia de una persona se ve en sus ojos.

Normalmente melancólicos.

Normalmente una mirada triste denota bondad y el propio reflejo del alma; bríndale una sonrisa y se convertirá en esa mirada feliz que deseas ver.

«Mírame a los ojos y hazme sonreír, por favor».

ÉRASE UNA VEZ

Un niño muy especial era casi tan especial como el resto de niños de su alrededor, pero tenía un don distinto: podía ver el corazón de los demás.

Con este don especial, podía ver cuando los demás se sentían alegres, tristes, desanimados o contentos; sin embargo, los demás niños no podían ver el suyo, así nunca sabían cuándo él se sentía mal, triste o a veces alegre.

Este maravilloso don le hacía único, pues podía compartir la alegría o los momentos tristes de los demás, pero era desdichado porque no podía compartir su propia alegría o su propia desgracia.

Los demás niños siempre acudían a él para lo bueno y lo malo, pero él nunca podía acudir a nadie para ello: no le entendían, no eran capaces de ver cómo era realmente.

Aunque no seas capaz de apreciar los sentimientos ajenos, toda vida trae sus alegrías y sus penas de la mano; no te sientas capaz de menospreciar eso.

UNO DE TANTOS

Uno de tantos de tu agenda, de tus contactos de Facebook o Instagram.

Uno de tantos a los que mandas caritas con corazones y besos virtuales.

Uno de tantos a los que deseas «buenos días» y «buenas noches».

Uno de tantos a los que haces sentir especial cada día, o cada tres días, o una vez a la semana.

Uno de tantos a los que haces sentir especial cuando estas aburrido.

Uno de tantos a los que seguidamente partes el corazón o uno de tantos a los que, simplemente, ignoras.

UNA DE TANTAS MIRADAS

Necesito hacer un curso intensivo de cómo interpretar miradas.

Una mirada no significa cualquier cosa, no puede significar cualquier cosa.

Cuando una persona te mira a los ojos, significa algo; tiene que significar algo y yo necesito saberlo.

¿Y si me está pidiendo ayuda?

¿Y si necesita decirme algo importante?

¿Y si me está pidiendo un beso?

Necesito saberlo.

¿Cuántos malos tragos ahorraríamos a la persona que nos mira si supiéramos lo que nos quiere decir?

¿Cuántas vidas salvaríamos?

¿Cuántos abrazos y besos podríamos dar?

Necesito aprenderlo.

HE PERDIDO LA CUENTA

Las cuentas del dinero gastado este mes, no; esas no.

Las cuentas de los días que sigue lloviendo, no; tampoco esas.

Las cuentas de las puntas de polvo de llave, tampoco; ni siquiera esas.

He perdido la cuenta de los hombres que han entrado en mi habitación. De esos, unos cuántos han entrado también en mi corazón y tampoco podría contarlos; y de estos los hay a los que he amado intensamente, aunque hayan sido cinco minutos, pero tampoco recuerdo cuántos.

Las cuentas de las veces que me han hecho daño, sí, esas también las perdí; de las veces que me metieron el puño en el pecho y sacaron mi corazón aún latiendo y lo tiraron a la arena.

Desde el patio del colegio en el que aún te preguntaban si estabas bien hasta ayer mismo, que nadie lo hizo.

Las matemáticas no son ciertas, no te dan un número exacto, no te dan una solución clara; pero, para qué la quiero, si a ti te va a resultar indiferente.

Cinco minutos

Mi último encuentro furtivo,
el último no sé por cuánto tiempo.
Encerrado ahora en esta habitación
con una camisa de fuerza que no se ve.
Sin poder salir porque el mundo ha dicho «basta».
Las fantasías quedan en fantasías y los sueños sueños son,
pero tu voz, tu barba, tu mirada, tus besos húmedos
los tengo presentes como si fuera ahora mismo.
Tu voz, cuando dijiste: «entra sin llamar».
Tu barba, cuando casi a oscuras encontré tu cara.
Tu mirada, cuando te tenía a diez centímetros;
solo necesité el reflejo en tus ojos.
Tus besos húmedos y esos labios carnosos besándome
justo antes de arrodillarte y regalárselos a mi bragueta;
seguían siendo húmedos.
Nos sobró espacio en un metro cuadrado,
nos pareció demasiado la ropa,
nos valió el escaso tiempo:
fue suficiente para ponerme a tu espalda y morder tu nuca.
Un gruñido suave hizo eco en la escalera.
Menos de cinco minutos fueron bastantes
para decirte mi nombre después y volverte a besar;
otros cinco minutos para conversar
y otros cinco minutos para volverte a besar,
darte la vuelta y volverte a amar.
Salí a la calle y noté el frío en la cara,

mi cara ardía literalmente,
y solo otros cinco minutos bastaron
para estar en mi cama echándote de menos.

MADAMA BUTTERFLY (1 DE 3)

Vi un cartel de la ópera *Madama Butterfly*, Puccini, en la Gran Vía de Valencia.

Soñé que podía pagarme la entrada y un traje elegante para ir a verla.

Esa misma tarde fui paseando hasta la puerta de la ópera de Valencia, cerré los ojos y volví a soñar que estaba en uno de esos palcos viéndola, con mi traje elegante y disfrutando de ello con un gusto sublime; disfrutándolo más que nadie.

Cuando abrí los ojos, me di media vuelta y volví paseando hasta casa, me di una ducha caliente con mucho gusto por lo que pensaba que iba a disfrutar a continuación.

Me encerré en mi habitación, me vestí con lo más elegante que tenía en mi armario, leí la historia de amor, triste, desgarradora y sentimental, más que ninguna otra. Conecté los altavoces y, sentado en aquel sillón viejo de mi escritorio, escuché *Madama Butterfly* con los ojos cerrados de nuevo.

Era lo más cercano que iba a estar de verla y era la única forma que iba a tener de saber si me gustaría o no, por lo de «para la ópera no hay punto intermedio, o te seduce o la detestas».

Creo que nunca me sentí tan embaucado, tan enamorado; me sedujo sin escrúpulos y yo me dejé seducir como cuando a un niño pequeño le ofreces una piruleta.

#ELDELACORBATAROJA (2 DE 3)

He utilizado mi corbata roja para tantas cosas…

La compré para la boda de mi mejor amigo. Quise vestir clásico: traje oscuro, camisa blanca, corbata roja y zapatos negros. Era tal y como había imaginado ir vestido a ver *Madama Butterfly*, pero con mi libreto en la mano.

He utilizado mi corbata roja tantas veces…

Con ella anudada al cuello, he dedicado una lectura en la boda de mi mejor amigo; atada en la frente, he bailado borracho… y, enrollada en el bolsillo de mi americana, la guardaba para no perderla.

Anudada a mi cuello, la he utilizado para hacer el amor; anudada el cuello de otro, la he utilizado para tirarle de ella por detrás.

Atada para cubrirme los ojos, cuando me han querido dar una sorpresa; cubriéndole los ojos a otra persona, cuando no quería que supiera si era yo el que mordía su cuello y besaba el final de su espalda, o era otro.

Atando mis manos a mi espalda, para obligarme a no tocar; atando las manos a otro, para inmovilizarle y someterle.

Para estar elegante en unas fotos que mi amigo iba a hacerme un día cualquiera para mi *book* personal y que luego él me aconsejó presentarlas a un concurso… Otro día cualquiera, #eldelacorbataroja fui.

Enrolladita en el cajón, es mi favorita.

POP ART (3 DE 3)

De lo más clásico de una camisa blanca y una corbata roja a lo más colorido de la personalidad de Marilyn Monroe, sonriente, fantástica y apropiada siempre.

Todos los colores que hemos puesto a su rostro, todos los posibles; el arte no conoce de límites, cualquier color y cualquier forma es posible si se puede imaginar.

Marilyn Monroe se imaginó cantando *Happy birthday, Mr President* al presidente de los Estados Unidos; y lo hizo, o tal vez era el sueño pervertido y sucio del presidente que ella hiciera eso para él delante de todos; y lo hizo realidad. Nosotros la imaginamos de mil colores y la tenemos. Fantástica, maravillosa.

Escuchando la ópera *Madama Butterfly* de Puccini, con una corbata roja anudada al cuello, o cubriendo los ojos a alguien con ella; con al menos la intención sexual que ponía Marilyn Monroe para todo.

Momento sublime rodeado de fetichismo en el que no aciertas a cerrar los ojos para mitificarlo o a mantenerlos abiertos para ver la realidad.

La realidad es que, con los ojos en blanco de placer, una décima de segundo es más que suficiente para no olvidar ni siquiera al que está contra la pared, con la corbata roja cubriéndole los ojos.

«Date la vuelta, quítate la corbata de los ojos y busca los míos (…) y ahora, despacio…».

UNA FOTO EN UN BESO

En pleno mes de enero, con el frío en las calles tan presente, la nariz helada, rosada y las orejas doloridas.

Qué alivio bajar a coger el metro, sentir ese calor subterráneo. Jamás lo habría dicho, pero era agradable ese olor a motor en combustión y el calor que se podía sentir.

Menos agradable era cuando mi nariz volvía a sentir el frío del exterior al llegar a mi parada de destino y subir las escaleras. Las orejas me vuelven a doler.

«¿Tomamos un café antes?».

Un café calentito en las manos, acercando la nariz, para ver si llegaba a coger una temperatura decente, oliendo ese café aguado, pero ¿qué más da?, está caliente.

«Os invito».

«Aquí haremos alguna, abrazaos y besaos».

Qué alivio, meter las manos por debajo de su abrigo y notar su aliento calentito cerca de mi boca, con sabor a café; sabía a café.

Lo sentí cálido, cercano, suave;
y su lengua rozó mis labios
y la mía le respondió
mientras mis manos acariciaban su espalda
por debajo de su abrigo,
mientras las suyas
subían de mi cintura
también por debajo del mío.

«He podido hacer alguna».
«Vamos bajo aquellos árboles».

Caminamos unos cuatro minutos con los nervios de la próxima foto, del próximo beso.

«Sentaos ahí, uno frente al otro, y os volvéis a besar».

Me senté frente a él, a horcajadas, con mis piernas por encima de las suyas, muy cerca, y volví a meter mis manos, ya menos frías, por debajo de su abrigo; él metió las suyas por debajo del mío, un poco más arriba de la cintura, y volvimos a besarnos.

Esta vez las lenguas no fueron tímidas, este beso no fue tímido, ni siquiera respetuoso; este beso tenía mayor intención mientras nuestras manos acariciaban de nuevo la espalda del otro.

«No sé si dejaros solos o volver a cambiar de escenario; deberíamos hacer alguna más».

«Haced lo que queráis mientras yo trabajo».

Me cogió de las muñecas, me llevó de espaldas contra la pared llena de grafitis, mirándome a los ojos, y me besó directamente. Mejor que los anteriores, empujó su cuerpo contra el mío; su cintura empujaba la mía contra la pared.

Nos besábamos saboreando aún el café que habíamos tomado hacía un rato. Sabía tan rico que quería más; necesitaba café, necesitaba ese beso y empezaba a necesitar sexo.

Mis piernas se flexionaron un poco con la intención de bajar a su cuello; me apetecía saborear su piel después del café sin que él me soltara las muñecas.

«He acabado, tengo varias que pueden ser muy buenas».

Dejamos de besarnos, me soltó, me miró a los ojos y nos reímos. Se notaba un cierto grado de excitación entre los dos.

«Habéis hecho un buen trabajo».

Encantado de conocerte

El día que cambias el chip, todo cambia,
algunas cosas cambian, o una cosa en concreto cambia:
de repente estás encantado de conocerte.

Tu estado de ánimo cambia para bien;
los demás lo notan y, de repente,
eres amable y sociable.

Tu nuevo gusto por los pantalones apretaditos
te hace comprarte los primeros *jeans* ajustados,
te miras al espejo en el probador y ¡te encantas!

Tu pánico a tener un hombre detrás
se convierte en un placer de repente.

¡Qué grata sorpresa, mi amor!
¿Descansamos cinco minutos y seguimos?

LA VIE EN ROSE (1 DE 3)

Lo más hermoso que tengo ahora son las palabras para poder quererte, para poder tocarte y poder mirarte.

Las palabras que, sean en la lengua que sean, pueden rozar tu piel, enredarse en tu pelo y llegar a la yema de tus dedos o a la planta de tus pies, donde puedas sentir hasta lo cálidas que son.

«Je t'aime», te dije un día y te reíste de mí. Sin embargo, ahora que te lo escribo, te parece hermoso y dices que sientes como si te lo dijera al oído, que te bajan escalofríos por la espalda, casi tanto como si te soplara en la nuca cuando es pleno mes de enero.

«La vie en rose», ahora que todo hay que escribirlo; ahora que, si te lo digo, no te lo crees; los dedos deslizándose por tus labios, tocando incluso tus dientes y tu lengua, no significaban nada para ti cuando podías tenerlos, y ahora te conformas con la secuencia de siete letras que dices que te encanta; ocho si contamos el espacio, por contar los caracteres.

¿«Te quiero» significa más escrito que besado? ¿Besado? ¿Tocado? ¿Chupado?

MON PETIT (2 DE 3)

«Mon petit amour, tu es toujours avec moi»; más ahora que estamos solos los dos; lo que las palabras significan para otros, para ti son mis caricias y para mí son los momentos que me regalas.

Tu sonrisa es permanente y tu mirada siempre amable.

Eres despistado, pero siempre me miras cuando necesito que me mires.

El tiempo entre nosotros no pasa; nos vemos y nos abrazamos cada día que sale el sol, los buenos días y las buenas noches son sagrados; porque nos respetamos, porque nos cuidamos sin una mala idea, sin una mala traición y sin una sola mirada de desprecio.

Quien no respeta, quien tenga mala idea, quien sea capaz de traicionar o mirar con desprecio no merece ni la palabra amable ni la mirada, pero la bondad no conoce de tipos de palabras ni de clase de miradas.

AU PIED DE MON LIT (3 DE 3)

Te imagino desde aquí, mientras escribo y bostezo como cada noche y tú solo me miras si yo te miro.

En un rato caeré en la rutina nocturna de fijar una alarma en mi teléfono móvil para mañana no hacerle ni puto caso y despertarme con dolor de cabeza, tomarme un paracetamol con el café, maldiciendo por haber perdido otra mañana. Una vez esté la alarma fijada con toda mi buena intención, no podré evitar abrir alguna página porno en mi teléfono móvil, por pasar el rato mientras me termina de venir el dulce momento de dormir, pero ¿a quién quiero engañar? ¿Quedarme dormido viendo porno? ¿Caer en los brazos de Morfeo mientras veo porno? Puede sonar algo muy lejano a romántico.

Esa sí que es una escena porno, nada más y nada menos que con un dios griego, de categoría menor, sí, pero un dios griego; si te dijera yo cómo me imagino a Morfeo.

En pleno invierno, y el calor que hace en esta habitación, por lo que sin pijama duermo: ni sábanas siquiera me van a hacer falta en cuestión de minutos.

MIS GREGUERÍAS, DE RAMÓN GÓMEZ DE LA SERNA

«Como daba besos lentos, duraban más sus amores».

«Si te conoces demasiado a ti mismo, dejarás de saludarte».

«Un tumulto es un bulto que le sale a las multitudes».

«Tocar la trompeta es como beber música empinando el codo».

«Donde el tiempo está más unido al polvo es en las bibliotecas».

«Los rosales son poetas que quisieron ser rosales».

«La luna es un banco de metáforas arruinado».

«El filósofo antiguo sacaba la filosofía ordeñándose la barba».

«El pensador de Rodin es un ajedrecista al que le han quitado la mesa».

«Los arcos de triunfo son elefantes petrificados».

La parte sado del cuento

El gusto por lamer los pies de quien está en mi cama y por meterle luego mi pie en su boca.

Oler sus axilas es de los fetiches menores que guardo en el cajón de mi mesita de noche, junto con una fusta, un dildo y un bote de lubricante.

Un antifaz y unas pinzas para los pezones.

Unas esposas que nunca utilicé y una cuerda desgastada de tanto usarla.

El cuento empieza como todos: «érase una vez…», y en él aparecen príncipes y princesas (más bien solo príncipes, en mallas muy apretadas, montando a caballo, con sus botas de montar, espuelas incluidas, y al que ves llegar cabalgando desde tu ventana en esa torre a la que nadie había podido llegar antes).

Cuando «el príncipe tiró abajo la puerta de la alcoba» (aunque más bien aquello parecía una mazmorra), ya solo llevaba puestas las botas con las espuelas.

No sé cómo, pero descubrió en el cajón la cuerda desgastada, la fusta, todo lo demás, y no me preguntes cómo, pero durante unas horas me sentí más prisionero que nunca.

Relato de mis sueños

Del Mar me quedo con su inmensidad,
como todo el mundo.

Del Sol siento cada destello,
como hacen muchos.

De Tus Ojos miro cada despertar,
como muy pocos podrán.

De estas cuatro paredes que me encierran
solo tengo lo que puedo soñar;
y eso… solo lo tengo yo.

ESCRIBIR ES QUE LE DEJEN A UNO LLORAR Y REÍR A SOLAS

(Título de una greguería de Ramón Gómez de la Serna)

Escribir puede ser el momento más íntimo que tal vez pueda tener durante el día, el rato que dedico a mi placer, a mi imaginación.

Es el momento en el que uno puede llorar y reír a solas, de manera íntima.

Llorar de tristeza, de amargura, de desolación, de angustia, de pena, de amor; o, sin embargo, reír a carcajada plena de tristeza, de amargura, de desolación, de angustia, de pena, de amor. No, de amor no se puede reír.

De amor se puede llorar, de amor se puede mover una montaña, de amor se puede escribir, pero no se puede reír.

Lo más importante de escribir es hacerlo en soledad. Intimidad.

Culpabilidad. Reflexión. Tranquilidad. Sensatez. Inspiración. Luz.

La soledad de escribir es agradecida y buena compañera, no te arroja puñales por la espalda, no te lanza una flecha y te parte el corazón; miras al cielo, piensas, imaginas, sientes y vuelves la mirada al papel, ¿qué has sentido?

Ahí lo tienes, escríbelo sin digerirlo, será más bello.

El escritor quiere escribir su mentira y escribe su verdad

(Título de una greguería de Ramón Gómez de la Serna)

Cuentos, historias y relatos; narración de lo que inventas que finalmente es parte de una biografía, tuya por defecto, ahora de todos.

El corazón lo pedía a gritos y el puño le obedecía. Sin embargo, ni la imaginación pudo hacer nada por impedirlo, solo pudo ser testigo de lo que la tinta iba declarando, como si delante de un juez estuviera, bajo juramento, para contar toda la verdad y nada más que la verdad.

«Adórnala todo lo que quieras, pero no dejará de ser verdad». «Señoría, no tengo más preguntas».

Una realidad paralela

Entre mis creencias y reflexiones siempre existió la hipótesis de dos universos paralelos, dependientes uno del otro, tal vez incluso uno dominante del otro.

Debe ser que la película *The Truman show* me dejó esa idea metida en la cabeza cuando era un necio adolescente.

Una sala de control en el otro universo que ordena y manda lo que ocurre en este otro.

¿Realmente sería tan descabellado? Con la cantidad de cosas que ocurren y que parecen irreales o ficción, o de película. ¿Casualidad o causalidad? Me estoy liando.

Las casualidades me parecen demasiado complicadas.

La actualidad y el futuro obedecen mucho a mi Teoría de la Realidad Paralela, al menos eso me parece a mí.

Me paro y pienso en voz alta:

«Pues sí, me cuadra, nos manipulan, nos dominan, nos están programando, nos están manipulado desde arriba».

Tal vez un día alguien lea esto y se dé cuenta de la realidad y pueda parar este circo de locura donde de repente aparecen los enanos, los elefantes, luego los leones y los payasos, trapecistas y hombres bala; pero tal vez todo eso ya haya pasado a la historia y nuestro cerebro ya esté programado para no entenderlo.

Tal vez un día seamos liberados de esta esclavitud y esta manipulación y se nos presente delante un futuro incierto, un futuro en blanco, un mundo nuevo... sin odio, sin rencor, sin maldad, sin rivalidad, sin guerras... pero...

¿Y si tampoco hubiera cariño, ni caricias, ni amistad... sin amor?

Día de locos

Esta mañana me desperté, estaba todo en silencio, solo se oían los pájaros cantar, salí al balcón y las calles estaban vacías; qué raro.

Bajé a comprar tabaco y pan, solo me crucé con dos personas que, además, llevaban puesta una mascarilla; ¿qué estaba pasando?

Escuchaba el ruido del viento en los árboles, no circulaban coches, la gran vía estaba completamente desierta y el cielo se veía completamente azul; las nubes, blancas, y volaban bandadas de pájaros sobre la ciudad.

Entré a la panadería, me atendieron con mascarilla y guantes, de una forma muy extraña.

De vuelta a casa pasé por el estanco, compré varias cajetillas, por si acaso, y volví a casa: me resultaba incómodo estar en la calle.

Cuando llegué, entré en mi habitación y estaba durmiendo, estaba durmiendo profundamente. Era tarde. Tenía que haberme levantado mucho antes; llegaba tarde al trabajo.

De repente el claxon de un coche en la calle me despertó, salí al balcón y me encontré el bullicio de coches y gente en la calle, el bullicio de todos los días.

Los dragones existen

Los dragones de mi mente no son más que las inseguridades que tú me creaste.

¿HABRÁ VIDA ANTES DE LA MUERTE?

Para Alberto Cordón

Sintiéndome tan vivo a la vez que tan falto de aliento.
Sintiéndome tan falto de aire como de luz en la madrugada.
Sintiéndome tan pesado como al poner un pie en mis sueños.
Sintiéndome tan falto de vida como al despertar cuando amanece.
Sintiéndome el latido del corazón, pero tan frío al tacto.
Antes de la muerte, sintiéndome tan vivo y a la vez ya muerto.

Vengo de un sitio donde los niños son lo más importante

¿Existe un dios en el sitio de donde vienes?
¿Es él quien cuida de ellos?
Vengo de un sitio donde los niños son lo más importante.
Pobres, porque encontrarán un mundo descuidado,
encontrarán un mundo que no ha sido respetado,
un mundo que no ha sido respetado por nosotros,
nosotros, que dueños de todo nos hemos creído.
Un mundo que hemos explotado y del que
hemos abusado hasta acabar por romperlo;
lo hemos roto en mil pedazos y, ahora,
solo nos queda cuidarlos a ellos, porque,
porque nuestros niños lo van a encontrar roto.

MIL MANERAS

La idea de perder el tiempo
que va pasando,
los días que no vuelven,
las horas que son tan cortas.

Mil maneras de pensar en ti,
mil formas de mirarte,
mil días por soñarte y ver
la manera de no olvidarte.

Nunca será suficiente

El mundo nunca será suficiente para buscarte,
para poder encontrarte y mirarte a los ojos,
porque un día apareciste en mis sueños
y lo único que quise fue enamorarte.

Los sueños se pueden cumplir,
como dicen algunos,
si los deseas muy fuerte muy fuerte;
de tu vida con la mía en mis sueños…
espero que llegue el día y poder encontrarte, besarte…
enamorarte.

CUANDO NO HAYA NADA QUE ME DISTRAIGA... MORIRÉ

El momento en que no encuentre nada que me divierta, que me distraiga o me haga evadirme de la realidad.

Ese día en que todo me parezca pequeño y ya vivido, me quedaré con la satisfacción de haber tenido una vida plena.

DE MI VIDA, MI PASIÓN

Una escultura, una fotografía,
un lienzo al óleo o una acuarela,
pasteles y carboncillo difuminado.

Realismo e impresionismo,
sentimientos y sensaciones,
amores, amantes y desencantos.

Inspiración en la realidad,
en la propia vida y experiencia,
en las miradas y los besos.

INSTRUCCIONES PARA EL CORRECTO USO

La lectura lenta y recreativa siempre satisface más de lo que parece. Encontrar una lectura placentera es para uno de un gusto sublime; disfrutar y vivir en primera persona lo que la mente imagina.

Leer despacio, con la entonación adecuada, resulta hasta excitante. Comprensión del autor, empatía del protagonista y vivencias del que lee, con métrica o sin ella, habiendo leído a grandes autores, puro amor.

Un texto, una estrofa, un verso, un cuento o una narración, tengo la idea de querer transmitir tanto al lector... Tengo el miedo de no llegar, no conectar... con los dedos que pasan húmedos las páginas, o los labios que susurran lo que hay escrito, a ritmo lento, pausado, pero sin dejar un tiempo atrás.

Escribo imaginando que leo, escribo pensando en ti, escribo suponiendo que estás en casa, cómodo, sobre el sillón, sin distracciones, con el ambiente más relajante y adecuado, el ambiente que eliges para viajar sobrevolando tu imaginación; escribo pensando en las lágrimas que resbalan por tu mejilla, escribo pensando en que disfrutas como yo disfruto.

FOTOS DE COLORES

Rojo

Escucho el lamento de quien luchó en mi nombre,
los gritos de quienes fueron castigados en mi nombre,
los gritos de guerra que manifiestan en mi nombre,
los golpes que recibieron por escapar en mi nombre.

Naranja

Siento el dolor de los que se dejaron la piel por mí,
las palizas que recibieron al expresarse por mí,
los disparos que sufrieron al alzar sus manos por mí,
las miradas cómplices y escondidas que dieron por mí.

Amarillo

Veo las multitudes que hasta hoy se manifestaron,
las banderas y pancartas que juntos alzaron,
el orgullo en sus caras por los pasos que avanzaron,
las sonrisas de sus caras por lo felices que amaron.

Verde

Respeto la lucha que durante años mantuvieron,
las palabras que públicamente sostuvieron,
los lemas que gritaron y en grupo anduvieron,
los abrazos y besos que dieron a quien quisieron.

Azul

Comparto los colores que en décadas se han defendido,
las manifestaciones de amor que a tantos han ofendido,
los besos y abrazos que sin interés nos han ofrecido,
las ideas de respeto y tolerancia que hemos aprendido.

Violeta

Tolero las ideas que pueden ser distintas a las mías,
las orientaciones sexuales diferentes a la mía,
las aficiones por el sexo diversas que no son las mías,
pero nunca la intolerancia que no respete ideas mías.

¿NERVIOSO?

Ante los nervios de una primera vez, respiración lenta, reflexión profunda, imaginar mariposas volando libres sobre un campo en flor y una gran sonrisa, tan grande como puedas. Todo irá bien.

¿SABES LO QUE SIGNIFICA DECIR «TE QUIERO»?

En un amplio sentido de la palabra, no conlleva necesariamente un compromiso sentimental, pero sí demuestra afecto, incluso cariño, sin que sea una pedida de mano; así que…

Simplemente…

¡Disfrútalo!

CAMBIOS

Cómo puede cambiar el humor de una persona a lo largo de un solo día.

Cómo se puede sentir una persona como si estuviera subida en una montaña rusa.

Cómo por la mañana puede sentirse feliz y motivado y por la noche decaído y decepcionado.

Cómo es capaz una persona de dar poder a quien realmente no lo tiene ni lo merece.

Cómo se apela a la libertad para poner escudos a unas cosas y atacar con espadas a otras.

Cómo instantes después vuelve a sentir la felicidad de sentir el mayor amor hacia uno mismo.

Cómo una persona es capaz de ver caer a otra o incluso empujarla y tirarla al suelo.

Cómo puede defender la sinceridad cuando en realidad lo que hace es enjuiciar libremente.

Cómo podemos hacernos tan fuertes en soledad y tan vulnerables en otras manos.

¿Cómo?

¿Cómo podemos degustar la exquisitez del segundo plato teniendo aún el sabor del primero en la boca?

Dicen que no está hecha la miel para la boca del marrano; dicen y dicen… Se puede hacer especial a una persona durante cinco minutos, pero seis, no.

Se puede fingir ser el príncipe azul unas horas, de varias posturas en la cama, en el sofá, en el balcón, en el aire; durmiendo juntos después un rato incluso, pero no se puede seguir fingiendo más tiempo.

Se puede fingir un «te quiero», pero dos, no.

CONFRONTACIONES

Enfrentamientos, primero con los demás y luego con uno mismo.

Reconciliaciones, primero con uno mismo y luego con los demás.

POWER BEAR

Arropado y acurrucado por mis osetes.

Osos amorosos, osos pardos, osos polares, Winnie de Pooh, Yogi y Bubuh… ¡¡¡Venid a mí!!!

Qué suaves, qué mimosos, qué adorables…

¿Y SI TE CUENTO MI SECRETO?

Pero solo podría quedar entre tú y yo.

Si se lo cuentas a alguien me perderás para siempre, si lo guardas únicamente para los dos te haré el oso más feliz del mundo, aunque la vida se me vaya en ello.

Aunque la vida pase en un segundo, aunque tu vida y la mía juntas no dieran ni para llegar a la luna, sería una felicidad inigualable... Inalcanzable para los demás.

Solo sería nuestro secreto, la muestra de amor que necesito, y serías tú lo único que necesito; ni el aire para respirar sería necesario, ni el canto de un pájaro por la mañana, ni la mirada de otro hombre para darme por satisfecho.

Tus labios y tus manos bastarían para mí y mi mundo entero tendrías para ti.

P.D.: Se puede escribir al amor y no necesariamente a un amor.

Sin título

El título de la obra prefiero escribirlo al final. ¿No es mejor poner un título una vez vivida la experiencia?

Amar, comer, sentir, llorar, reír, acariciar, follar, dormir... Lo que viene siendo un menú completo; con su postre y su café, y, si es posible, su licorcito después...

Entonces puedo decir: «ha merecido la pena, o no». La idea de no probar algo del menú me aterra.

La idea de no poder darle imaginación y chispa a mi vida me entristece, por eso nunca me quedo con lo literal de las cosas, es la parte más aburrida de todo, a pesar de ser regular, analítico y metódico.

Hazme reír y te daré mi universo.

↔ *KILLING MY TIME* ↔

Mirando la vida pasar mientras crees que estás viviendo la juventud que te correspondió en su día y no pudiste aprovechar.

Viendo desde mi balcón cómo hay luz en tu ventana y se distinguen dos sombras. Sin embargo, sé que piensas en mí.

Mirando al horizonte puedo ver cómo un barco iluminado cruza la bahía muy despacio y… pienso que esa es mi vida. Iluminada, pero lenta, y, a lo lejos, desapercibida.

Aquellas dos sombras ahora solo parecen una, pero sé que piensas en mí, porque yo pienso en ti.

La vista se me empieza a nublar tras el cuarto *gin-tonic* y todo comienza a darme igual; todo menos yo… Y luego tú, pero, primero, yo.

Es fácil mirar al pasado

Es más fácil mirar al pasado, pero es más bonito luchar por lo que está por venir.

Cuando pierdo algo

Procuro no perder los nervios, intento respirar tranquilo y recordar por dónde he caminado, las últimas cosas que he hecho… Según qué pierda incluso intento recordar con quién estuve, dónde, cuándo, cómo y por qué… Y si fue satisfactorio, placentero o desagradable.

Según qué perdí u olvidé tal vez merezca la pena volver y buscar o, por el contrario, olvidar, pasar página y hacer vida nueva…

Lo que sí intento siempre es… no acumular cosas en mi mochila, cosas innecesarias o de poca utilidad… o de gran peso.

Las «cosas» que no me aportan las acabo olvidando, porque… Uno no puede andar siempre buscando.

◉ *SONO UN BRAVO RAGAZZO* ◉

Sono un bravo ragazzo.

ESTO ESTÁ RICO

Uno de los mayores placeres de la vida puede ser cualquier cosa, para quien lo disfruta, para quien lo hace disfrutar y para quien lo ve disfrutar.

Ver cómo disfrutas, ver cuánto puedes desear algo; mirarte a los ojos mientras sientes flotar y sentirte flotar es, para mí, volar.

La vida me enseña que tengo tanto que dar… Y, tal vez, mucho más que recibir.

Saborearlo, guarrearlo, tocarlo, lamerlo… Y volver a empezar.

Tal vez sienta placer al escucharte gemir, al oír tu voz suave suplicando más, oculta tras la mirada de extraños y curiosos… Y tal vez me guste… Por eso, porque son extraños y porque tú pides más.

Esto está rico, dices… Disfrútalo, digo yo… No más.

TOCADOR Y MAQUILLAJE

Es la primera vez que me maquillo frente a un espejo, ni siquiera es maquillaje caro.

Es la primera vez que me siento frente a un tocador, me miro en el espejo y suspiro al pensar… «eres bonito seas como seas, y, quien no piense eso, no cabe en tu vida».

No por ser bonito, sino por ser como quiera que seas.

Me refiero a RESPETO, a IGUALDAD y SEMEJANZA a cualquier otra persona.

Reflexiono esto mientras me maquillo o, más bien… me pinto la cara, por mi inexperiencia, y pensando en que… quiero ser como quiera ser, guste o no a los demás, pero soy yo el que está frente al espejo viendo mis propios defectos.

Resulta que… aún con los labios rojos y los ojos pintados… resalto mi masculinidad, mi autenticidad y mi realidad.

Me veo «grande» después de todo.

Me veo «grande» a pesar del rechazo por parte de otros, a pesar de haber sido muy pequeñito…

Cuando otros intentan pisarme, ofenderme o incluso aprovecharse.

Me hace darme cuenta de que tras todas las adversidades y discriminación sufrida ayer y hoy… y también mañana… del colectivo LGTBIQ+, sirven para ser cada vez más «grandes», mucho más «grandes», muchísimo más «grandes».

Soy como soy: regio, glamuroso, poderoso… porque es lo que veo en el espejo.

SIN TÍTULO

De una sonrisa puede surgir
una vida compartida incluso.

Incluso un beso precedido
de una mirada cómplice.

¿Dónde estás?

Mírame, tócame, devuélveme esta sonrisa;
no pienso mirar a nadie más.

SIN TÍTULO

La meta que has de alcanzar, que nadie la cambie, que nadie te distraiga, que no te la cambien de sitio.

Observa cauteloso el comportamiento del resto de individuos, estudia y analiza sus movimientos, sus trayectorias, sus palabras… Diseña un modelo matemático o cuántico y escribe todas las ecuaciones que más se acerquen a él.

Ya lo tienes; ahí tienes toda la información que necesitas para sobrevivir; eres más listo que nadie…

Ahora coge todas esas pizarras y esos cuadernos de estudio y los tiras a la basura, porque para eso te van a servir, para nada más.

SIN TÍTULO

De repente,
sin esperarlo,
sin pensarlo,
inesperadamente…

Y te quedas con una sensación «rosa» en el cuerpo;
la piel de gallina…
Qué raro siento al tacto…
Y una sonrisa tímida se asoma en mi cara,
y una mirada pícara que parece que
no insinúa nada bueno.

De repente,
sin esperarlo,
sin pensarlo,
inesperadamente.

Sin título

Voy a cuidar de tu corazón como si fuera mío propio.
Voy a cuidar de tu corazón como si fuera tuyo y de nadie más.

Sin título

Bien sabidos mis paseos por Madrid,
nocturnos, detenidos, pausados.
Bien disfrutados cuando miro,
cuando sonrío o toco mi cara helada.
Mis andares desgarbados y zigzagueantes
por jardines y calles vivas.

La vida me pasa en un momento
y entonces pienso:
«Qué frío, qué brisa destemplada,
qué sensación de pequeñez aquí donde estoy».
Y mis pasos se ralentizan, más todavía,
para mirar al cielo
y ver el reflejo de la ciudad en las nubes.

¿Sabes que este es mi sueño?
¿Sabes que mi mente siempre estuvo aquí?
Ahora mi corazón también,
aunque te eche de menos,
y tengo tantas cosas que contarte,
tantas historias que compartir,
tantas aventuras para cotillear…

Horas y horas invertidas en mi soledad, que,
al fin y al cabo, es la fiel compañera que
nunca me deja solo, me da conversación

y me hace reír, a veces a plena carcajada.
¿Por qué te cuento esto? Porque te quiero.

Sin título

Esta mañana salí a la calle, estaba todo mojado y el viento había cubierto el suelo de hojas secas, pero había una quietud tormentosa, casi nadie en la calle, apenas dos tenderos barriendo el suelo enfrente de sus comercios para arrastrar todos los restos de una noche agridulce en la que he dormido profundamente. Sin embargo, me han arrollado las pesadillas, el sudor y los espasmos bajo el edredón que me ve desnudo y me cuida cada noche. Esta noche se le olvidó. Esta noche no durmió conmigo.

De día todo es distinto: salgo a desayunar, paseo un rato y al volver a casa vuelvo a ver a los mismos tenderos en el portal de su comercio, mirado a un lado y a otro, de brazos cruzados, porque ya no queda rastro de la noche pasada.

Sin título

Hoy me cuesta salir a la calle, sí, porque anoche me emborraché de ti y siento una tremenda resaca.

He abierto los ojos y tuve que sacudir la cabeza porque, tenerte al lado mientras duermes... qué raro.

Nunca quieres dormir conmigo y a mí me cuesta invitarte a respirar juntos.

Resacoso pero satisfecho por haberte sincronizado por una vez con mi respiración cuando estabas debajo: fue pleno, fue brillante y...

Caí rendido sobre ti.

Ese choque de copas, tan fino, tan suave, tan placentero, mirándonos satisfechos.

¿Recuerdas algo?

El techo abuhardillado de mi habitación parecía estar a más altura que nunca antes, porque esta vez estabas tú, y ahora encuentro en mi bolsillo unas llaves que, por casualidad, quiero darte, quiero que tú tengas, pero no pienso decirte en qué cerradura encajan, porque no puedo dártelo hecho y no quiero ponértelo fácil, a pesar de que esta borrachera de ti sea mi mejor error.

Sabes perfectamente lo que quiero decir, por eso sonríes cuando me miras, así consigues que sea feliz y... te agarro la cara, te miro a los ojos y me acerco tanto que me vuelvo a meter dentro de ti, y yo sorprendido, porque cada vez entro más, y miro cómo dejas de mirarme, porque te avergüenza mantener la mirada de esa forma tan agresiva y caliente.

Sobran entonces las palabras.

Por ti, por mí, por nosotros, por nuestro sexo masculino y nuestro pelo suave empapado de sudor.

Veinticuatro horas con mi nueva camisa roja

Es suave, es calentita y me da el tacto que necesito en su justa medida…

No me hace falta nada más.

No me hace falta nada ni nadie, como si no existiera nadie más en el mundo.

Soy como soy y eso ha de servir.

Si necesito suavidad, simplemente la toco y la llevo a mi cara; «qué olor tan agradable»… Y entonces me desnudo y me la vuelvo a poner.

Sin título

La vez que pude bajarte el pantalón, casi muero en el intento...

Acabó por faltarme la respiración...

Nunca más lo volveré a intentar, nunca más. ¿Quién me vendrá a buscar?

¿Quién?

Expresiones

Lo que el alma siente, padece,
disfruta y quiere decir a gritos.
Incluso el deseo.
Incluso lo que imagina,
lo que el alma sueña.
Incluso los colores que ve
y no puede ver.

CHOCOLATE

Sin mi toque especial,
sin que te sorprenda,
sin que me preguntes cómo ni por qué.
Pierde gracia, suena vulgar,
sabe normal…
¿Por qué?
Porque no llega tu beso.

SWEET BY PSYCHO

Un toque tierno y dulce que viene dado por esa suave locura que pocos entienden, esa manera de expresar, esa manera de sentir o de tocar incluso.

Tienes esa dulzura que yo necesito, tal vez por mi falta de afecto empedernida y color morado; y ese punto loco, casi de atar, que reprimió mi juventud heteroformalizada.

Te ves guapo un día y al día siguiente no quieres ni mirarte al espejo, tu propia timidez te lleva a fingir esas joyas doradas y ropas lujosas que los demás confunden con superioridad y caminar sobre las nubes.

Sonríes sabiendo que con eso los tienes metidos en el bolsillo, arqueas las cejas y miras tan tierno que todos son capaces de enamorarse, pero en realidad solo quieres gustar, solo quieres la aceptación de la especie de esa colonia superior casi despoblada.

—La locura es buena, ¿verdad?

—No sé a qué te refieres; ni idea.

—Pienso que debe tener una raíz enternecedora y destructiva que, si sabes observarla, cabe la posibilidad de que te abstraiga de la dura y viciosa realidad.

Dulce y loco, dulce y loco suena bien.

¿Tienes intención de quererme en algún momento?

Luego vuelves a mirarte en el espejo y toda tu vida cambia a tonos pastel; aun así te sigo odiando a pesar de seguir deseándote.

Cambias de un estado dulce al estado de locura en cuestión de segundos, como el instante en el que se produjo el Big Bang; ¿por qué?

Tú bien lo sabes con esa llama dorada y brillante de tu mirada que traspasa cualquier cosa, hasta la dura corteza de mi corazón, tan dura que podrías lanzarlo al mar y se iría al fondo, podrías.

En pocos segundos vuelves a tu estado dulce, tierno y encantador, sin represión ni barreras imaginarias; entonces tu cara se recompone gracias al placer que también otros te dan, porque, al fin y al cabo, los demás llegan también dentro, no solo es cosa mía; también es tuya y suya.

Intentando expresarte para que los demás entiendan tus idas y venidas, pero les cuesta ver esos colores. Un día gris, otro día verde, otro rosa y otro compones un arcoíris, que viene, en realidad, de colores fríos e intensos, pero acaban por ser tonos suaves que derivan en otro día gris. El ciclo de tu vida, de mi vida.

Un momento, tengo una llamada; resulta que eres tú mismo pidiéndome un respiro mientras me acaricias y me besas; me abrazas.

La locura en su amplio sentido nos afecta a todos, ¿quién está cuerdo?

¿Está cuerdo quien la entiende y la diagnostica? ¿Está cuerdo el que la critica?

¿Está cuerdo el que la desconoce?

Le damos tantos nombres que no sabemos a qué nos referimos exactamente. Todos tenemos fantasmas en nuestra cabeza, sí, se les llama «traumas» y son eso, fantasmas de color oscuro que nos rondan la cabeza.

Luego podemos descubrir por momentos que podemos apartarlo de ahí y viene ese estado de paz y dulzura que es más fácil de entender para todos, pero va de la mano a la tortuosa parte oscura.

Ver la luz y la oscuridad en cuestión de segundos o minutos es factible y real, y luego piensas:

«Este soy yo realmente, lo bueno y lo malo».

Parte III

De mi vida, mis recuerdos

Y finalmente, todo queda en experiencias, recuerdos, anécdotas, sucesos pasados; quedan en la memoria, para bien o para mal.

#DesdeUnPuntoDeVistaGay

TENGO ALGO QUE CONTARTE

Érase una vez un niño, sentado a la orilla del mar, donde las olas apenas alcanzaban a mojar sus pies, sus pies enterrados en la arena.

El niño miraba fijamente al horizonte, pensativo, donde veía volar alguna gaviota, libre, sin juicios ni prejuicios, y observaba la caída del sol, que caía despacio y hermoso, que volvería a brillar mañana; notaba la brisa fresca con olor a sal en su mejilla, cuando cayó de repente a su lado una cometa de seis colores.

Rojo, naranja, amarillo, verde, azul y violeta; era preciosa. No se asustó lo más mínimo, ni por un instante. De hecho, era como si la estuviera esperando; de un momento a otro esa cometa caería a su lado.

El dueño vino corriendo desde lejos a cogerla y le pidió disculpas. El niño le contestó: «sabía que llegarías».

CUANDO SEA MAYOR QUIERO SER...

Cuando era pequeñito decía:

«Mamá, cuando sea mayor quiero ser famoso, ser actor, salir en películas y ganar un Óscar».

Me ponía sus vestidos, me subía en sus tacones y ella encendía la radio para que bailara.

Durante unos minutos podía ser feliz, ella me miraba sonriendo y pensaba:

«Este niño, qué cosas tiene», y entonces decía:

«Anda quítate eso que va a venir papá».

Mis sueños volvían entones a la *normalidad*.

LA COMPRENSIÓN QUE NUNCA LLEGÓ

Cuando se lo conté a mis padres, su reacción fue mucho mejor de lo que esperaba. Pensé que era afortunado: en el momento lo aceptaron y ya está; sus palabras fueron: «si tú estás bien, todo está bien».

Nunca más se volvió a hablar del tema, se hacía el silencio incluso cuando en televisión decían algo al respecto y se cambiaba de canal.

Una aceptación fingida.

Una comprensión que nunca llegó.

Fue, sinceramente, un trauma para toda mi vida.

Mis hermanos con su vida «normal» y yo… yo, a secas.

No sé si un día tendré el valor de contarles mi pena, sentados en un banco del parque, mientras damos un paseo; no sé ni siquiera si algún día podré comprenderlos yo a ellos.

De momento mi comprensión tampoco ha llegado.

SALVADO POR MI ÁNGEL

De mi afición por lo divino y lo fantástico vino mi admiración por mi ángel.

Tiene plateadas sus alas y suele venir descalzo a tocarme a la puerta, abre despacito por si estoy dormido y asoma su cara sonriente, me mira con sus ojos angelicales que son desde el color gris de un cielo nublado hasta un hermoso verde esperanza, o esmeralda, tal vez, pasando por el azul cielo más soleado.

«¿Puedo entrar?».

Entra siempre con sus alas plateadas cerradas, bien plegadas (no cabrían, si no), dentro de mi habitación, se sienta a los pies de mi cama y charlamos.

Le tengo para lo bueno y le tengo para lo malo, para mis indecisiones y mis equivocaciones; es la voz de mi conciencia, es la voz de mis reflexiones y es la voz de mi vuelta a la realidad.

Sé que es mi ángel porque no me grita, no me retiene y tampoco me juzga.

Me presta a veces incluso sus alas para volar, al menos durante el rato de nuestra charla, y entonces puedo ver el mundo desde arriba, desde lo más alto y lo más optimista: desde su punto de vista.

«Deja la vida correr, porque los que nos tenemos que encontrar nos encontraremos, los que nos tenemos que entender nos entenderemos y los que nos tenemos que querer nos querremos».

De aquellos días por Madrid

De aquellos días que podía salir a la calle sin preocuparme por el motivo ni la hora, aquellas noches paseando por Madrid y observando hasta las luces de los semáforos para peatones...

«Este tiene dos chicas; este, solo un chico; aquel, dos chicos...». Y pensaba:

«Madrid te quiere».

Comencé a hacer fotos con mi móvil de cosas insignificantes que ahora veo en mi galería y pienso en cuándo las volveré a ver.

Recuerdo que disfruté de un paseo un domingo por la noche mientras llovía y me sorprendió que no hubiera casi nadie en la calle, pero hasta se me saltaron las lágrimas de lo hermoso que me pareció.

Me quité las zapatillas y pisé el suelo mojado; mis pies descalzos mojados sobre el mismísimo kilómetro cero en Sol.

Noches de insomnio en las que vestía un pantalón de chándal y un abrigo y salía a dar un paseo; a veces con mis nuevos auriculares inalámbricos escuchaba alguna canción relajante, otras veces alguna canción superdivertida y otras veces ni siquiera los utilizaba: escuchaba el ruido de la noche.

¿Qué ruido es ese? No sabría explicarlo con claridad, pero es distinto al bullicio del día.

Lo agobiante que me parecía coger el metro, llegaba sudando a todos sitios por el calor en esos vagones llenos de gente, esas estaciones repletas de personas; Callao, Sol, Lavapiés, Príncipe Pío, Chamartín, Tribunal, etc.

Aquellas noches que no quería que se acabaran; empezaban tomando la primera copa en casa de algún amigo, luego nos íbamos a alguna discoteca, luego a algún *after* y luego nos íbamos a dormir sin ganas de dormir por cualquier excusa.

Echo de menos tantas cosas, echo de menos a tantas personas, echo de menos tantas miradas…

Tanto abuso de nuestra libertad y de nuestros derechos que se han roto.

Ahora el aire es más puro, solo seis días después es mucho más puro; sin embargo, tenemos que usar mascarilla para respirarlo. Duele, ¿verdad?

Antes tenía más importancia contestar un mensaje o responder en un chat o dar unos cuantos *likes* que quien tenía enfrente y no me daba cuenta de que un día podría no tener a nadie delante; solo a mi móvil… Ese aparato electrónico que me lo puede dar todo.

¿Todo? ¿Todo? ¿Todo?

Mientras tanto…

Veo llover tras el cristal mientras tomo un café caliente y escucho alguna pieza de Chopin desde mi ordenador.

Son once días detrás de estos barrotes que me llevan a volar libre por lo más amplio de mi mente, sobrevolando toda mi imaginación.

Hay prados verdes llenos de amapolas a la orilla del camino que lleva hasta el lago, donde está mi casita de madera al lado de un pequeño embarcadero.

Tengo una barquita blanca y roja amarrada en él, con sus dos remos preparados para dar un paseo y la merienda caliente recién preparada dentro de una cesta.

Al otro lado del lago, mi lugar favorito, donde quiero llevarte a merendar y, si se nos hace tarde, acurrucarnos y mirar las estrellas hasta quedarnos dormidos.

CREATIVO

Estuches de colores, cajas de pinturas, rotuladores, lápices, acuarelas, pinceles y blocs de dibujo.

Los regalos de mi infancia siempre eran esos.

De un frutero sacaba un bodegón, de una persona sacaba un retrato, de un atardecer sacaba un paisaje y de mi imaginación sacaba un niño gordito y afeminado con el flequillo recto y zapatillas desgastadas.

¿Qué habrá sido de aquellos bodegones, retratos y paisajes?

¿Qué fue de aquel niño gordito, afeminado y con flequillo recto y zapatillas desgastadas?

MI PRIMERA...

...bici fue heredada y mi primera máquina de escribir de segunda mano.

Experiencia vivida, lección aprendida

De todo se aprende, dicen.

¡Una mierda!

La teoría sí se aprende, pero pronto se olvida y vuelves a tropezar mil veces más en la misma piedra.

Tropiezas, te caes, parece que aprendes la lección, sales escarmentado.

En cuanto puedes, te has olvidado y vuelves sobre tus mismos pasos y vuelves a tropezar.

Otra vez la misma piedra, ¡idiota!

Pan con chocolate

De mi niñez (ojalá volver atrás en el tiempo) hay tantas cosas que cambiaría, tantos caminos que tomaría distintos a los que tomé… Tantas cosas cambiaría… salvo las meriendas de pan con chocolate.

Pienso y creo que ese es el único recuerdo feliz de cuando era niño: pan con chocolate.

Definitivamente, me quedo con el momento de comer pan con chocolate.

¿QUÉ FUE DE NOSOTROS?

Es una pregunta para la que solo hay una respuesta, aunque me resista a admitirlo, aunque nunca estuve de acuerdo y nunca tiré la toalla a la primera.

Es una pregunta a la que tú le diste respuesta, es una pregunta a la que tú diste una razón tras otra; sin embargo, te arrepentiste.

Nunca tuve razones para odiarte, nunca encontré motivos para dejarte; yo no los tuve, nunca los encontré, porque nunca los busqué, pero tú me los pusiste encima de la mesa.

Me ofreciste una exquisita bandeja repleta de finales para lo nuestro y lo tuve difícil para no degustar eso que tú llamabas… «tomarnos un tiempo».

El tiempo que tú necesitabas, el tiempo que tú esperabas, el tiempo que tú exigías… el mismo tiempo que tuve yo para despertar de aquel profundo sueño.

Me desperté y cuando abrí mis ojos vi un universo entero para mí en el que no estabas tú, así que no sé si fue culpa tuya o mía, pero te quedaste ahí.

Exigiendo un tiempo, pidiendo un descanso, porque tenías dudas, porque querías probar cómo era mi ausencia… Ahí la tienes, te la regalo, es toda tuya, saboréala.

Tienes ahora todo el tiempo del mundo para degustar, para saborear, para maridar la ausencia que necesitabas probar; ya no importa si te la quieres quedar… o no.

El metro de Madrid

Sol

Nunca me imaginé echando de menos todo lo que odiaba (por ejemplo, la multitud que siempre abarrota Sol, Fuencarral, Gran Vía de Madrid). Tener que ir esquivando personas, no poder caminar en línea recta o no poder hacerlo a la velocidad que quiero o me gusta… Tener que pisar a la fuerza las juntas de las baldosas o las líneas del suelo.

Yo y mis manías.

Echo de menos el frío abrasador, cuando sientes dolor por culpa del frío al estar un rato en la calle, te duele la nariz y las mejillas.

Echo me menos mis olvidos, tener que volver a casa porque me olvidé la cartera, los auriculares o incluso las llaves.

Echo de menos escribir… «ya he llegado, ¿te falta mucho? ¿Cómo vas?», y entonces responden… «aún no he salido» o «llego tarde, lo siento». Echo de menos también las cosas bonitas, como la sonrisa del camarero del café de enfrente, cuando me pregunta: «¿quieres canela en el café?», o cuando me dice al despedirme: «¡que tengas un buen día!».

Echo de menos la libertad de salir a la calle a la hora que me apetezca, los paseos por el retiro a las ocho de la mañana o por Hortaleza a las tres de la madrugada. Pedir un café para llevar y tomarlo sentado en un banco en la calle, beber un trago y ver cómo el vapor se desvanece en el aire.

Echo menos quedar en Sol y nunca saber en qué parte de Sol.

Plaza de España

Diría que no sé por qué tengo especial afecto a esta foto, pero, en realidad, sí lo sé.

La hice un domingo por la noche que llovía, más bien lloviznaba y no podía dormir a pesar de que las noches de lluvia me relajan.

Decidí salir a pasear sin parecerme suficientemente relajante ver llover a través del cristal de mi ventana. Incluso tumbado desde mi cama veía la lluvia a través de la luz de la farola. Pues, a pesar de eso, decidí salir.

Me puse un pantalón de chándal, unas zapatillas y un abrigo; tal cual, ni unos calcetines. Cogí las llaves y el móvil y salí de casa a hurtadillas, como si algo malo estuviera haciendo o de alguien quisiera esconderme.

Llegué a Gran Vía y caminé dirección Plaza de Cibeles, me detuve, hice esta foto y seguí caminando. Simplemente fue un paseo nocturno una noche de febrero. Uno de tantos, uno en tantas noches sin poder dormir.

Un simple paseo sin mucho que resaltar, pero que hizo que en mi cerebro escuchara lo que pudiera parecer un chasquido de dedos y pasara de pensar: «¿qué hace un chico de pueblo como tú paseando por Madrid, mientras llueve, un domingo a las dos de la madrugada?», a pensar: «este es tu sitio, mírate, disfrutando de Madrid, mientras llueve, un simple domingo de febrero, a las dos de la madrugada».

Simplemente me sentía bien.

El segundo motivo por el que me gusta esta foto es, menos bonito tal vez, pero igual o más sentimental y que para mí también marcó un momento importante en mi vida, el recuerdo del primer fin de semana de julio de 2017, WorldPride de Madrid.

Era viernes por la tarde, había llegado a Madrid con dos amigos, dejamos las maletas en el hotel y salimos a la calle directamente. Íbamos a uno de tantos conciertos que ese fin de semana se organizaron, el de la Puerta de Alcalá.

Subíamos por aquella avenida, que me parecía enorme, desde la Plaza de Cibeles. Era la segunda vez que yo estaba en Madrid, pero como si hubiera sido la primera. Tanta gente, tanto colorido, tanto arcoíris, tanta gente libre y contenta, sonriente, que vestía como le apetecía...

Simplemente me sentí bien: mis pies casi flotaban sobre el suelo, sentía libertad.

La sonrisa permanente en la cara; sorpresa, satisfacción, fantasía, alegría, felicidad, desconcierto, valentía, compromiso, responsabilidad... ganas de gritar.

Seis colores principales en la calle, seis colores en una bandera que significan desde una llamada de socorro hasta fuerza y valentía, rudeza, valor, coraje y lucha.

Fue el momento en el que me sentí responsable también de generaciones venideras, porque nosotros nos encontramos una lucha y un trabajo y trayectoria recorrida para poder tener esta celebración, pero tenemos que seguir haciendo lo mismo para los que vienen detrás, porque es una lucha que nunca acabará.

Siempre habrá que demostrar que los de sexualidad distinta a la socialmente tradicional somos igual de válidos, igual de fuertes, iguales para todo.

Chueca

Este rinconcito de Madrid, esta plaza colorida, pequeñita, emblemática, con terracitas y con la parada de metro más arcoireada de Madrid.

Un marica de pueblo como yo piensa cuando llega a un sitio así: «¿Cómo el destino ha podido traerme a este lugar? ¿Será este mi lugar?»

Habrá idas, habrá venidas, pero... pero Chueca es genial y estoy convencido de que Chueca me ha encontrado a mí, porque no era esta mi idea, no era este mi camino, no era esta la trayectoria que yo tenía planeada.

Me he salido del mapa y de repente estoy aquí.

Chueca es una identidad, Chueca es el barrio de Justicia precisamente, Chueca es ahora un trocito de mi corazón, para mí y para mi recuerdo.

La Latina

Será siempre el recuerdo de un pequeño amor, un par de cañas en el café del teatro; luminoso y con carácter propio.

Tiene una sonrisa preciosa y una mirada encantadora de ojos oscuros, un aro plateado en la oreja y un anillo de matrimonio sencillo pero único, aunque eso él aún no lo sabe.

La Latina, terrazas pequeñitas, locales antiguos que cuentan una historia y locales modernos que quieren empezar a contarla.

Tiene unas manos suaves que cuando tocan mi mejilla me ponen nervioso, cierro mis ojos y lo imagino desnudo; no del todo, solo con una corbata al cuello.

La Latina, cuesta arriba hasta llegar a Plaza Mayor; un paseo por aceras transitadas y donde la gente se saluda y se detiene a hablar, como ocurría en mi pueblo.

Tiene un tono de voz excitante y serio, aunque habla sonriente, y su mirada pasa de ser atractiva y agresiva a ser cariñosa y seductora.

La Latina; un vino y una sonrisa bonita.

San Bernardo

Al final de la cuesta estaba la fuente, la misma que se veía desde la ventana, unas vistas a toda la avenida, sin mirar atrás en el entretenido paseo.

Sentir su abrazo por la espalda mientras miro a través del cristal cómo llueve, un día gris y hermoso, como los que a mí me gustan, porque se ve la ciudad distinta, se ve la ciudad más bella contigo abrazándome, aunque el cristal esté frío, aunque llueva fuera.

Una plaza repleta de tráfico, aunque desde arriba no se escucha el ruido de los coches, idas y venidas en la boca de metro, puntos de encuentro.

Enredar mis dedos en tu pelo rizado mientras me besas, me dejo besar, me dejo abrazar, me dejo llevar… hasta tu cama… mientras llueve fuera, mientras entra el destello de los relámpagos por la ventana… y nos quedamos dormidos.

Al final de la cuesta estaba la fuente.

LAS NOCHES QUE DESCUBRÍ MADRID (1 DE 3)

No había frío, no había soledad, no había tiempo de restricción…

Las noches de paseos eternos, mirando luces, escaparates, carteles, paisajes nocturnos; que nunca eran desoladores, nunca eran tristes.

Descubriendo Madrid me descubría a mí mismo, cada día un poquito, cada noche aún más.

Hasta verme desnudo en medio de la ciudad, sin ropa y sin complejos, sin zapatos y frente a un espejo.

Tímido y callado, iluminado por los focos de los coches y las farolas, el ámbar de los semáforos.

De esos paseos y mi desnudez tengo aún mucho que contar, tengo tanto que expresar, tanto que reír y llorar…

Aprendí a vivir… Aprenderé a vivir.

ENCERRADO EN MI HABITACIÓN (2 DE 3)

Con el único contacto con el aire a través de mi ventana, tras el cristal soy yo, pero fuera tengo miedo.

Todo es una obra de teatro o una actuación de circo donde aparecen elefantes, leones y trapecistas.

Todo es un guion estudiado donde yo quiero naturalidad, donde solo puedo leer palabras ensayadas.

No digas lo que crees que quiero escuchar… Y, si dices lo que piensas realmente de forma valiente, asume mi respuesta, sé consecuente con tus palabras dañinas e hipócritas que quieren herirme.

Las lanzas envenenadas pueden tener doble punta, una para mí, como pensabas, y otra para ti, como nunca imaginaste.

Pero… si piensas en mi corazón, yo lo voy a sentir.

NO PASAN LAS HORAS (3 DE 3)

Para verte, tocarte y olerte (sí, tengo afición por oler, que no por el olor) y también morderte.

No pasan los días para volverte a tener, sentir tu aliento rudo y caliente, sentir tu mirada ardiente e inocente, sentir tus besos prófugos y más que complacientes.

Todo y más, quiero todo y más... Y para siempre... o al menos el rato que estés aquí.

Mi vida contada como un cuento, un relato de unas pocas páginas, numeradas y ordenadas; eso sí, instrucciones de cómo usarme, manual de funcionamiento, donde explica en varios idiomas cómo y de qué manera funcionan todos los interruptores de mi cuerpo, ahora automatizado, sin miedos ni remordimientos.

ANEXO

Cuando estés leyendo estas líneas (qué comienzo más típico para un final) será porque ya he recogido todas mis cosas y me habré marchado, o al menos todas las cosas que he encontrado o todas las cosas que puedo llevarme; mi idea, en principio, es no volver a recoger nada más, nunca más.

Sí, esto es una carta de despedida.

Lo que aquí te escribo lo hago con el corazón en la mano y te digo de antemano que no encontrarás ningún sentimiento de rencor u odio en mis palabras, ni en mí, ni en mi corazón.

Para mí has sido hasta ahora la persona más importante en mi vida, a la que he amado por encima de todo, la que he intentado cuidar, mimar y querer lo mejor que he sabido, aunque en algunos aspectos haya conseguido todo lo contrario.

Siento mucho todo el daño que te he causado. Soy consciente de que es mucho, pero espero haberte aportado algo bueno, aunque solo sea un poquito y, aunque ahora, por esta situación de ruptura, no seas capaz de verlo, yo tampoco lo veo.

Quiero pensar que tus reacciones y comentarios de rabia hacia mí son solo un mecanismo de defensa, aunque motivos tienes para estar enfadado conmigo, para poder superar esta situación tan dolorosa a la que nuestra relación ha llegado.

Entiendo y respeto tus reacciones, pero no pienses que soy impasible a tus comentarios y sentimientos, todo lo contrario, y por eso mismo no quiero discutir contigo, porque te quiero y te quiero querer; necesito que sigas siendo importante para mí y mi forma de conseguirlo es quedándome solo con lo bueno. Juro que lo intento.

Solo te voy a «echar en cara» un comentario (no te enfades, por favor) que me escribiste ayer mismo: «para sentirse feliz uno tiene que estar a gusto con uno mismo, y yo no lo estoy desde que estoy contigo»; cuando lo leí se me rompió el alma como un espejo cuando cae al suelo y a lo que solo puedo responder con una frase muy corta:

«Perdóname por haber entrado en tu vida».

Entendí que, desde que estás conmigo, tu vida solo ha empeorado. No te he aportado nada bueno y además en estos años no has conseguido ser tú y es lo que más tristeza me causa.

Por último, si queda alguna cosa mía por aquí y la encuentras, imagino que algo se me puede olvidar, creo que no la necesitaré, así que no creo necesario que tenga que volver: no me avises, no me lo digas, no me lo pidas, no me escribas.

El piano, consérvalo. Todo el valor que tiene es el que yo le di cuando te lo regalé, porque sé que la música te cura el alma. Fue la primera cosa que se me pasó por la cabeza regalarte hace años, cuando nos conocimos, cuando me enseñaste por primera vez tu casa y dijiste: «aquí irá un piano», y desde entonces he perseguido cumplir ese sueño tuyo. No lo rechaces ahora, te lo ruego, fui feliz cuando te lo regalé y fui feliz al escuchar cuando lo acariciabas.

Por lo demás, dinero o cualquier otra cosa, no te preocupes, la cuenta está saldada: jamás te pediré nada ni te echaré nada en cara; cree en mí.

Me despido con un fuerte abrazo, un fuerte beso y con todo el cariño y el amor que no he sabido darte durante estos últimos años.

Siempre te querré y siempre estarás en mi corazón, aunque no sé aún de qué manera.

Fdo: El amor que nunca llegó a ser nada.

#DesdeUnPuntoDeVistaGay

Sobre el autor

José Antonio Costa Meseguer, conocido en las redes sociales como «el de la corbata roja» y llamado Kosme por otras personas, nació en Murcia en 1982. Tras crecer sumergido en una cultura heteropatriarcal, social y moralmente correcta, quiso dar un carpetazo a su vida «ideal» en 2010 y confesó su homosexualidad a su familia y círculo de confianza. Este fue el punto de inflexión en su vida, que dio paso a un nuevo José Antonio, más sincero y fuerte, pero también más vulnerable en lo que a sentimientos se refiere.

Químico de profesión por vocación, dejó con el tiempo seguir aflorando su pasión por las artes, sobre todo el dibujo, la pintura y la escritura, aunque siempre para sí mismo. Fue un paso grande y complicado dejar que otras personas leyeran lo que escribía, puesto que siempre lo hacía de una manera extremadamente sincera, aunque también extremadamente metafórica.

En 2019 se trasladó a Madrid, donde su afición por escribir creció exponencialmente. Según asegura, Madrid es una ciudad «hermosa, pero de difícil acogida», lo cual despertó en él una forma singular de ver y aceptar la soledad que le ayudó a expresar con palabras escritas lo que pasaba por su corazón.

Su primera incursión «oficial» en el mundo literario llega de la mano de *De mis cuentos, mis amores, mis fantasías y mis recuerdos*, obra en la que separa todos los cuentos de una vida en tres bloques principales, poniendo en manos del lector unos textos bañados y regados por el dolor e impregnados de los sentimientos acumulados en su trayectoria vital.

En sus escritos, el autor apuesta decididamente por llevar cualquier tema al terreno sentimental para extraer sus raíces más profundas, «pues escribir algo que pueda llegar a algún corazón es mi mayor anhelo para conectar con la persona que esté leyendo mis palabras».

Previamente a la publicación de esta obra, en colaboración con el artista riojano Alberto Cordón, dio a conocer algunos de sus relatos cortos y presentaciones para sus obras, siendo el más notable de ellos el texto *Ya no puedo tocarte,* inspirado «en la dura puñalada que nos ha dado a todos la vida con la pandemia del coronavirus».

La temática gay (o más bien #DesdeUnPuntoDeVistaGay de las cosas) se aprecia claramente en sus textos, en los que se detalla lo estupenda, fantástica y horrorosa que puede ser la vida para una persona homosexual o, en general, para el colectivo LGTBIQ+. «Debemos continuar esta batalla, que nunca parece dejar de tener adversarios».

Índice

www.ingramcontent.com/pod-product-compliance
Lightning Source LLC
LaVergne TN
LVHW101922220826
846093LV00009B/335

* 9 7 8 8 4 1 8 9 1 2 0 5 4 *